CRITIQUE

DE

L'ŒDIPE

DE M. DE VOLTAIRE.

*PAR M. LE G****

A PARIS,

Chez
- GANDOUIN, Quay des Auguſtins, près de la rue Pavée.
- AUBERT, du côté du Pont S. Michel.
- ET
- SAUGRAIN, dans la Grand'Sale du Palais.

M. DCC. XIX.
Avec Approbation & Permiſſion.

CRITIQUE

DE

L'ŒDIPE

DE M. DE VOLTAIRE.

M***

Vous me trouverez bien hardi, de donner au
Public la critique d'une Piece à laquelle il a donné
son sufrage, & d'ataquer un Auteur mis en para-
léle avec Sophocle & Corneille, & qui prétend
même les surpasser. Vous me direz peut-être que
M. de Voltaire est bien éloigné de cet orgueil que
je lui prête ; preuve de cela, c'est qu'il ne s'est pas
plus épargné que les deux grands hommes qu'il cen-
sure...... Doucement, s'il vous plaît. M. de Voltaire n'a fait que se chatouiller ; & les défauts qu'il

avoue ne roulent que ſur ce qui ne peut intereſſer ſa
réputation : il s'acuſe ſur les défauts de ſon ſujet ;
mais que ne faiſoit-il de même ſur ſes épitetes mal
placées, ſur l'ambiguité de ſes expreſſions, & ſur
ſes fautes contre la Grammaire & contre la Poëſie ?
Vous voilà ſans doute bien étonné ; mais vous le ſe-
rez bien plus par l'examen de l'Ouvrage ; car je n'a-
vance rien que je ne prouve. Je commence par l'E-
pître dédicatoire que je raporte toute entiere.

M.

» Si l'uſage de dedier ſes Ouvrages à ceux qui en
» jugent le mieux n'étoit pas établi, il commence-
» roit pour V. A. R. La protection éclairée dont
» vous honorez les ſuccès ou les efforts des Auteurs,
» met en droit ceux même qui réuſſiſſent le moins,
» d'oſer mettre ſous votre Nom des Ouvrages qu'ils
» ne compoſent que dans le deſſein de vous plaire :
» Pour moi, dont le zele tient lieu de merite auprès
» de vous, ſouffrez que je prenne la liberté de vous
» offrir les foibles eſſais de ma plume ; heureux, ſi
» encouragé par vos bontez je puis travailler long-
» temps pour V. A. R. dont la conſervation n'eſt
» pas moins précieuſe à ceux qui cultivent les beaux
» Arts, qu'à toute la France dont elle eſt les déli-
» ces & l'exemple. Je ſuis avec un profond reſpect.

Que dites-vous, Monſieur, de la premiere phraſe ? y apercevez-vous d'abord le véritable ſens ? on
a beſoin de la relire, pour entendre que ce n'eſt
point l'uſage qui doit déterminer au choix d'une
Protectrice comme celle de l'Auteur.
Voilà la premiere fois que je vois donner de l'a-

çtion à l'ufage : l'ufage ne commence rien ; mais les hommes commencent à mettre en ufage ce qui leur convient. J'aimerois donc mieux dire : *je commencerois à l'introduire pour V. A. R.* que, *il commenceroit pour V. A. R.*

Si la protection de celui à qui on dédie eft éclairée, il faut avoir bonne opinion de foi pour ofer s'affurer de fon aprobation, ou bien peu de confideration pour fon protecteur, pour lui ofrir un mauvais Ouvrage. Je ne m'aviferois jamais de faire une dédicace, fi je ne comptois plus fur l'indulgence de mon Patron que fur fon difcernement. Quoi ! parcequ'un grand Seigneur nous protège, nous ferons en droit de l'ennuyer ? cela feroit bien injufte ; le deffein de lui plaire ne nous juftifieroit point; nous devons réduire nos defirs à notre portée.

Pour moi, dont le zele tient lieu de merite auprès de vous ;

Après cette phrafe, n'atendez-vous pas, Monfieur, un Verbe à la premiere perfonne, qui réponde à ce *pour moi* ? Point du tout, c'eft un Impératif à la feconde perfonne. *Pour moi, fouffrez que je prenne la liberté, &c.* Je fuis perfuadé que vous auriez dît : *Pour moi je prendrai la liberté, &c.* & vous auriez eu raifon.

L'Auteur eft vivement perfuadé qu'il ne fe formera point d'auffi habile homme que lui, puifqu'il borne fes fouhaits à une longue vie, afin de travailler pour la Princeffe : un autre un peu plus modefte auroit fouhaité des talens, pour fe rendre plus digne de fa protection ; mais s'il les a tous, pourquoi en demander ?

Oui, fans doute, la confervation de cette grande Princeffe eft très précieufe ; mais ne l'eft-elle pas infiniment plus par le befoin de toute la France, que par celui des Poëtes ? Ces Meſſieurs devroient donc, ce me ſemble, ne marcher qu'après toute la France; mais l'Auteur vouloit mettre le relatif *dont*. Je répondrois bien pour la Princeſſe, qu'elle l'en auroit diſpenſé, & qu'elle auroit préféré un reſpectueux ſilence à un ſi foible éloge. L'entrepriſe eſt trop grande pour l'executer dans la moitié d'une ligne : j'aurois beaucoup mieux aimé que l'Auteur eût employé les momens que lui ont coûté ces deux mots, à faire une fin qui eût été liée avec le corps de la Lettre.

Voilà, Monſieur, mes remarques ſur l'Epitre de M. de Voltaire : Vous me direz, peut-être, que la Proſe n'eſt point ſon fait. Soit. Paſſons à la Piece.

ACTE PREMIER.

Scene I.

Vous dans Thebes, Seigneur ? Eh ! qui venez-vous faire ?
Nul mortel n'oſe ici mettre un pied témeraire,

Vous aviſeriez-vous jamais de faire tomber la témérité d'un homme ſur ſon pied, parcequ'en ſautant de trop haut, pour ſe divertir, il ſe le ſeroit démis ? diriez-vous de ce ſauteur étourdi ; *voilà un pied bien témeraire ?* Peut-être qu'oui, ſi, comme l'Auteur, vous aviez eu à rimer à *faire*.

Quand du couroux des Dieux, Miniſtre épouventable,
Funeſte à l'innocent, ſans punir le coupable.

La derniere ſillabe du premier hémiſtiche, produit, avec la premiere du ſecond, un ſon redoublé qui eſt deſagréable à l'oreille. Mais c'eſt une petite négligence qu'il faut pardonner à l'Auteur. Voici quelque choſe de plus ſérieux.

Ce monſtre à voix humaine, aigle, femme & lion,
De la Nature entiere execrable aſſemblage.

Juſqu'à preſent, Monſieur, vous avez cru faire partie des ouvrages de la Nature, vous avez toujours admiré les animaux, les arbres, les fleurs, & tout ce que nous voyons ſur la terre, comme autant de miracles qu'elle renouvelle tous les jours. C'eſt ce qui vous trompe : toutes les louanges qu'on lui donne ne ſont que pour la fabrique d'une aigle, d'une femme, & d'un lion : notre Auteur ne reconnoît que cela dans la Nature ; mais je ne ſçai ce qu'elle lui a fait : il faut qu'il ſoit bien en colere contre elle, pour traiter le ſeul ouvrage qu'elle ait fait *d'execrable aſſemblage*. Heureuſement pour lui, nous n'avons ni aigles ni lions qui puiſſent prendre fait & cauſe ; mais ſi quelque femme s'aviſe de lire Oedipe, ne tremblez-vous pas pour l'Auteur, ou du moins pour ſa Piece ? il n'auroit pas couru tant de riſque s'il avoit dit, *monſtrueux aſſemblage*.

Nos Sages, nos Vieillards, ſéduits par l'eſperance,
 Oſerent ſur la foi d'une vaine ſcience,

Du Monſtre impénetrable affronter le couroux ;
Nul d'eux ne l'entendit, ils expirerent tous :
Mais Oedipe, &c.

L'entendit & fut Roi.

Oedipe étoit donc Sorcier, puiſqu'il expliqua une énigme inexplicable ? ou bien les Sages de Thébe étoient de francs nigauts, de prendre pour un myſtere impénetrable, ce qu'un jeune homme comprend à la premiere expoſition.

Il ſeroit bon que l'Auteur nous eût dit à laquelle

A iiij

des Ortographes, ancienne ou moderne, il donne
la préférence ; car en vérité je ne puis le deviner.

Je lui vois écrire *affronter, souffrir, accorder, &c.*
avec les doubles confonnes inutiles de nos peres ; &
de fon autorité privée, il en retranche une, qui eft
neceffaire dans le mot connoître ; car fi l'on écrit ce
mot avec une feule *n*, on prononcera *co-noître.*

> Vous, Seigneur, vous pouriez dans l'ardeur qui vous brûle,
>
> Pour chercher une femme abandonner Hercule,

Je n'avois point encore vû faire rimer une brève
avec une longue, & je n'aperçois point dans ces
deux vers, de penfée fublime qui ait dû porter l'Auteur a abandonner les regles de fon art.

> Dimas, Hercule eft mort, & mes fatales mains,
>
> Ont mis fur le bûcher le plus grand des humains.

Je ne trouve rien de fatal dans cet évenement,
que la mort d'Hercule, & non point les mains de
Philoctete : je ne croirois point du tout mes mains
fatales, parceque j'aurois rendu les derniers devoirs
à un de mes amis ; au contraire, ce feroit pour moi
une fatisfaction. Mais l'Auteur difpofe de tout comme il lui plaît : il donne aux mains de Philoctete la
fatalité qu'elles n'avoient pas, & il ôte à Hercule la
portion de divinité qu'il avoit, pour en faire un
homme ordinaire. C'eft faire payer un peu cher une
rime à ce Heros demi-Dieu.

> Je rapporte en ces lieux ces fleches invincibles.

Pourquoi ne pas mettre le pronom poffeffif *fes*,
au lieu du démonftratif *ces*, afin de faire connoître
que c'étoit à Hercule que Jupiter en avoit fait préfent ?

L'Auteur reconnoît ici la divinité d'Hercule, puisqu'il fait dire à Philoctete, *qu'il vient*

A ce Heros,
Attendant des Autels, élever des tombeaux,

Je ne sache pas que ces deux rimes soient autorisées par l'usage.

Par dix ans de travaux utiles à la Grece,

J'ai bien acquis le droit d'avoir une foiblesse,

Pourquoi donc prend-t-on tant de soin de cacher ses foiblesses, si la raison nous permet d'en avoir; car le droit n'est fondé que sur la raison ? L'heroïsme en deviendroit plus facile.

Lorsque Dimas dit à Philoctete, que Jocaste est mariée à Oedipe, Philoctete répond :

Voilà, voilà le coup que j'avois pressenti.

Ne pouvoit-on point trouver une épitete pour sauver la repetition de *voilà*, *voilà*, qui ne signifie rien.

Tout ce Peuple à long flots conduit par le Grand Prêtre.

Un peuple à long flots, est quelque chose de nouveau, & je ne trouve rien de si patétique, que de faire venir tout d'un coup sur le Théatre des éclusées de peuple ; mais il faudroit y élever une digue pour le retenir.

S c e n e I I.

Esprits contagieux, tyrans de cet Empire,

Qui soufflez dans ces murs la mort qu'on y respire.

Dites-moi, s'il vous plaît, Monsieur, si vous savez ce que c'eſt que des eſprits peſtiferez ? pour moi j'ai toujours cru que les mauvais eſprits ne pouvoient contribuer qu'à la coruption des mœurs , & que celle des corps ne pouvoit être cauſée que par les mauvaiſes influences de l'air , ou par quelque dérangement de conduite. De quelque part que cela vienne , en tout cas , le mal n'étoit pas dangereux, puiſque cette contagion ne tomboit que ſur les murs; mais le danger étoit qu'elle paſſât juſqu'au dedans de ces mêmes murs.

Fléchiſſons ſous un Dieu qui veut nous éprouver.

Ne prendriez-vous pas ce Grand Prêtre-là pour un de nos Docteurs Evangeliques qui nous prêcheroit le vrai Dieu ? Il me ſemble que ſuivant ſa Religion il devoit dire :

Fléchiſſons ſous le Dieu qui , &c.

puiſqu'il en reconnoiſſoit pluſieurs.

Voici deux rimes qui ne ſont pas recevables, tant pour la quantité que pour le ſon.

Il ſait que dans ces murs la mort nous environne ,

Et les cris des Thebains ſont montez vers ſon trône ,

Scene III.

Oedipe fait dans cette Scene deux portraits des Rois bien diferens. Dabord il dit :

Mais un Roy n'eſt qu'un homme en ce commun danger ,

Et Voici comme il en parle deux pages plus loin.

Adorez de leurs peuples ils ſont des Dieux eux-même.

A propos *d'eux-même* , l'Auteur a été obligé de l'écrire ainſi pour rimer à *ſuprême* : mais l'Imprimeur, perſuadé que c'étoit une faute, a mis *eux-*

mêmes, & a facrifié la rime à la Grammaire. L'Auteur n'eſt pas ſi ſcrupuleux, il a mis dans ſon *Errata*, qu'il faut lire *eux-même* ; jugez donc, s'il vous plaît, entre lui & l'Imprimeur ; le premier a la rime de ſon parti, mais l'autre pouroit bien avoir la raiſon.

Retournons un peu en ariere, & examinons ce qu'Oedipe dit à ſon Grand Prêtre.

> Vous, Miniſtre des Dieux, que dans Thebe on adore ?

Eſt-ce le Miniſtre, ou ſont-ce les Dieux, que l'on adore à Thebe ?

Le Grand Prêtre n'eſt pas plus intelligible dans ce qui ſuit.

> Une effrayante voix s'eſt fait alors entendre ,
>
> Les Thebains de Laïus n'ont point vangé la cendre ;
>
> Le meurtrier du Roi reſpire en ces Etats,
>
> Et de ſon ſouffle impur infecte vos climats.

Ces reproches aux Thebains viennent-ils de l'effrayante voix, ou du Miniſtre ? ſi c'eſt du Miniſtre, c'eſt un impertinent, de reſſerer les Etats de ſon Maître dans la ſeule Ville de Thebe, & de dire à ſon Roy, *que ſon ſoufle impur infecte ſes climats* ; car il ſavoit bien qu'il parloit d'Oedipe, puiſqu'il étoit inſpiré des Dieux. Si c'eſt la voix qui parle, c'eſt une voix bien méchante, de vouloir faire paſſer pour un crime une action où il n'y en avoit point du tout ; car c'eſt la volonté qui fait le crime : or Oedipe tua ſon pere ſans le connoître ; donc il n'étoit que malheureux & nullement criminel : De plus Oedipe ſe batit en brave homme contre Laïus, & parceque Oedipe ne s'eſt pas laiſſé tuer, faut-il pour cela lui donner le titre odieux de meurtrier ?

Ecoutons encore le Grand Prêtre.

Reconnoiſſez ce monſtre & faites-lui juſtice.

Pour reconnoître quelqu'un, il faut ce me ſemble en avoir quelque idée ; il n'y a ſur la Scene que ce Grand Prêtre qui puiſſe reconnoître, non pas *ce monſtre*, mais le malheureux Oedipe, puiſqu'il eſt le ſeul qui ſache de quoi il eſt queſtion. Pourquoi donc charger de cette commiſſion gens qui ne ſauroient s'en aquitter ?

Vous allez aprendre une grande nouveauté, Monſieur, de la bouche d'Oedipe.

Et comme à l'intereſt l'ame humaine eſt liée,

Vous n'aviez point encore vû donner l'épitete *humaine*, à notre ame, j'en ſuis bien ſur ; & moi je n'avois jamais oui dire ſi généralement, *que notre ame ſoit liée à l'intereſt*.

Si l'Auteur eſt pris pour modèle, bientôt la rime ſera une des moindres parties de la Poëſie ; car en voici encore deux fort irrégulieres.

Pour moi, qui de vos mains recevant ſa Couronne,
Deux ans après ſa mort ai monté ſur ſon trône.

Cet exemple ſeroit fort deſavantageux à la Poëſie ; auſſi devons-nous nous flater qu'il ne ſera point ſuivi.

Vous allez voir, Monſieur, que la Reine ne parle pas mieux que les autres Perſonnages de la Piece.

Elle vient de raconter le récit de la mort de Laïus par Phorbas, & elle continue ainſi.

Il ne m'en dit pas plus, & mon cœur agité,
Voyoit fuir loin de lui la triſte verité ;
Et peut-être le Ciel, que ce grand crime irrite,
Déroba le coupable à ma juſte pourſuite :

Peut-être accompliſſant ces decrets éternels,
Afin de nous punir il nous fit criminels.

Loin de qui s'enfuit la verité ? eſt-ce de Phorbas,
ou du cœur de Jocaſte ? c'eſt de quoi l'Auteur ne
nous inſtruit point.

Le *peut-être* du troiſiéme vers eſt fort mal placé ;
car ſi le Ciel n'avoit point dérobé le coupable à la
pourſuite de Jocaſte, je ſuis perſuadé qu'elle en auroit fait juſtice.

Le *peut-être* du cinquiéme vers eſt d'une autre eſ-
pèce, & je ſuis ſurpris qu'une Princeſſe qui fait tant
parade de vertu, ait des ſentimens auſſi impies que
ceux de Jocaſte.

Je voudrois que Jocaſte ſe fût contentée de penſer ce qu'elle dit dans la proſe ſuivante.

Et l'on ne pouvoit guere, en un pareil effroi,
Vanger la mort d'autrui quand on trembloit pour ſoi.

Quoi ! avec cette auſtere vertu que Jocaſte nous
chante à tout moment, elle oublie les manes de ſon
époux, pour ne penſer qu'à elle-même ! en verité,
cela donne bien à rabatre de ſa grandeur d'ame.

Il me paroît qu'Oedipe n'eſt pas un grand Clerc
pour découvrir un myſtere. Voyez ſi j'ai tort.

Il faut tout écouter, il faut d'un œil ſevere,
Sonder la profondeur de ce triſte myſtere.

A quoi bon, s'il vous plaît, cet œil ſevere ? à
épouvanter celui qu'on interroge, & à lui faire dire
des choſes dont on ne tireroit aucun éclairciſſement.
Il me ſemble qu'un viſage doux engageroit beaucoup mieux un criminel à parler, & qu'on a plus
beſoin de juſteſſe & de pénétration dans l'eſprit,
que de ſévérité dans l'œil, pour démêler le vrai d'a-
vec le faux d'une dépoſition.

La priere d'Oedipe à ſes Dieux n'eſt pas plus ſenſée.

> Et vous, Dieux des Thebains, Dieux qui nous exaucez;
> Puniſſez l'aſſaſſin, vous qui le connoiſſez.
> Soleil, cache à ſes yeux le jour qui nous éclaire,
> Qu'en horreur à ſes fils, execrable à ſa mere,
> Errant, abandonné, proſcrit dans l'Univers,
> Il raſſemble ſur lui tous les maux des enfers,
> Et que ſon coprs ſanglant, privé de ſepulture,
> Des Vautours devorans devienne la pâture.

Qu'Oedipe ſouhaite au meurtrier de ſon prédeceſſeur tous les maux imaginables, cela eſt en ſa place : mais qu'Oedipe demande aux Dieux la mort de cet aſſaſſin dans le troiſiéme vers, qu'enſuite il les prie de le faire vivre, errant, ſans azile, & qu'ils le rendent execrable à ſa mere (où trouvera-t-on une mere, à qui ſon fils devienne execrable) & qu'enfin il demande encore une fois ſa mort ; c'eſt ne pas ſavoir ce qu'il veut.

Cette belle oraiſon eſt terminée par une aprobation du Grand Prêtre.

> A ces ſermens nous nous uniſſons tous.

Pour moi, je n'aurois jamais pris le diſcours d'Oedipe que pour des imprécations, & non pour des ſermens ; car je ne vois point en cet endroit qu'il ſoit queſtion de rien afirmer.

Oedipe eſt ſi ocupé de ſa vangeance qu'il en perd la raiſon.

> Dieux, que le crime ſeul éprouve enfin nos coups ;
> Ou ſi de vos decrets l'éternelle juſtice,
> Abandonne à mon bras le ſoin de ſon ſupplice,

Et ſi vous êtes las, enfin de nous haïr,

Donnez en commandant le pouvoir d'obéir.

Le châtiment d'un crime tombe, ce me ſemble, toujours ſur celui qui l'a commis ; mais Oedipe veut que ce ſoit ſur le crime ſeul ; peut-être que s'il voyoit le criminel ſon bon ſens reviendroit.

N'eſt-ce pas manquer de reſpect pour ſes Dieux, lorſqu'il dit au Grand Prêtre ?

Interroge ces Dieux une ſeconde fois.

Les au lieu de *ces* n'auroit pas plus coûté, & ſeroit plus reſpectueux.

Que veut-il dire dans le vers ſuivant ?

Et conduiſant un Roy facile à ſe tromper,

On diroit bien qu'un Roy eſt facile à tromper par ſes Sujets ; mais je ne crois pas qu'on puiſſe dire *qu'il eſt facile à ſe tromper.* Il faudroit mettre l'adverbe à la place de l'adjectif, & dire qu'un Roi ſe trompe facilement.

ACTE II.

SCENE I.

Je pardonnerois au Grand Prêtre de traiter de parricide le meurtre de Laïus ; mais il me ſemble qu'Hidaſpe ne doit point dire ;

Même il étoit dans Thebe en ces rèms malheureux,

Que le Ciel a marquez d'un parricide affreux.

Puiſqu'il ne ſait pas qu'Oedipe ſoit le coupable, ni qu'il ſoit le fils de Laïus.

Voici, Monſieur, deux nouvelles rimes.

Ce peuple épouvanté ne connoît plus de frein ,
Et quand le Ciel lui parle il n'écoute plus rien.

Quand vous les jugeriez bonnes, je crois que j'en apellerois , malgré la vénération que j'ai pour vos décisions.

Par le dernier de ces deux vers , ne doit-on pas entendre , qu'aussi-tôt que le Ciel parle à ce peuple, il ne connoît d'autre devoir que celui d'obéir aux Dieux ? cependant la pensée de l'Auteur est, que ce peuple est si rempli de terreur, qu'il n'écoute plus rien , pas même la voix du Ciel.

Ne trouvez-vous point Jocaste un tant soit peu brutale à la fin de cette Scène ? A propos de quoi dire tout d'un coup à Hidaspe , *sortez* ? est-ce parcequ'il dit que les Thebains soupçonnent Philoctete ? elle ne devroit pas s'en prendre à lui ; car il n'y a nullement de sa faute.

S c e n e. I I.

L'emploi de Panégyriste à la Cour de Jocaste auroit été très-facile à remplir ; car elle ne lui auroit presque rien laissé à dire : elle ne sauroit toucher l'encensoir qu'elle ne s'en donne par le nez ; elle dit en parlant de Philoctete.

Aprens que ces soupçons irritent ma colere ,
Et qu'il est vertueux puisqu'il m'avoit sçu plaire.

Quoi ! parceque Philoctete avoit sçu plaire à Jocaste, son carosse ou son char, aussi-bien que celui d'Oedipe, ne pouvoit pas se trouver acroché avec celui de Laïus : & pour les beaux yeux de Jocaste, il auroit falu qu'il eût cedé le pas à Laïus , comme un benêt , sous peine d'être dégradé de vertu par sa Dame ! la bonne Dame n'avoit pas une idée bien

saine

faine de la vertu ; elle connoiſſoit mieux l'amour.
Egine pour conſoler ſa Maîtreſſe, lui dit ;

Votre douleur eſt juſte autant que vertueuſe.

Trouvez-vous, Monſieur, qu'il y ait une grande
vertu à pleurer pour de ſimples ſoupçons qui tom-
bent ſur ſon amant, lorſqu'elle a la mort de ſon mari à vanger.

Tu connois, chere Egine, & mon cœur & mes maux,
J'ai deux fois de l'Hymen allumé les flambeaux.

L'Auteur croit-il qu'en chargeant l'Hymen de
flambeaux les mariages en iront mieux ? chanſons,
à moins qu'il n'ait dérobé celui de l'Amour pour
lui en faire preſent.

Et mes premiers amours, & mes premiers ſermens,

Amour, n'eſt-il point feminin au pluriel ? il n'y
avoit rien de ſi aiſé que de ſe mettre dans la régle,
la conjonction & retranchée réparoit tout le mal.

Il faut avouer, Monſieur, que la vertu de Jocaſte
eſt bien méritoire. Il y a peu de femmes dont la vertu ſoit à l'épreuve de la révolte de leurs ſens : mais
auſſi, en trouverez-vous beaucoup d'aſſez inconſi-
derées pour aller dire à leurs Confidentes ;

J'étouffai de mes ſens la révolte cachée.

Ce n'eſt pas ſavoir le métier de prude, que de
tenir de pareils diſcours.

Je trouve plus d'eſprit dans la réponſe d'Egine.

Comment donc pouviez-vous du joug de l'Hymenée,
Une ſeconde fois tenter la deſtinée ?

Elle avoit raiſon de parler ainſi ; car elle avoit
B

été témoin de l'amour de la Reine pour Oedipe, &
elle a soin de l'en faire souvenir.

> Oedipe, Madame, a paru vous toucher,
>
> Et votre cœur, du moins, sans trop de résistance,
>
> De vos Etats sauvez donna la récompense.

Il me paroît effectivement que Jocaste avoit plus
d'amour que d'esprit ; en voici encore une preuve
dans ce qu'elle répond à Egine.

> Je sentis pour lui quelque tendresse,
>
> Mais que ce sentiment fut loin de la foiblesse !

Ne voilà-t-il pas quelque chose de bien extraor-
dinaire, que d'aimer un mari sans foiblesse ? n'est-ce
pas convenir que l'amour qu'elle avoit pour Philoctete étoit de contrebande ; puisqu'elle le distin-
gue de celui qu'elle avoit pour Oedipe, par la foiblesse.

En récompense voici de grands mots, qui vont
vous dédommager.

> Ce n'étoit point, Egine, un feu tumultueux,
>
> De mes sens enchantez enfant impetueux.

N'êtes-vous pas enchanté ? pour moi, Monsieur,
je serois charmé, si je savois ce que c'est qu'un feu
tumultueux.

S'il y a du mal à aimer un autre que son mari,
Jocaste est plus coupable qu'une autre ; parceque
son amour ne s'étant rendu maître que de son esprit, comme elle le dit dans les vers suivans, elle
pouvoit fort bien lui résister sans trop d'efforts.

> Je ne reconnus point cette brûlante flâme,
>
> Que le seul Philoctete a fait naître en mon ame,

Et qui fur mon efprit répandant fon poifon,
De fon charme fatal a féduit ma raifon.

L'efprit ne fe laiffe point féduire fi facilement, &
tant que le cœur n'eft point ataqué, l'amour n'a pas
grand pouvoir.

Jocafte eft une grande babillarde en fait de vertu, elle ne fait dire autre chofe : fans ceffe elle chante vertu.

Oedipe eft vertueux, fa vertu m'étoit chere.

Vertueux & vertu ne font-ils pas bien amenez-là?
Mais d'où vient, puifqu'Oedipe eft vertueux, que
Jocafte dit que fa vertu lui étoit chere, aparemment que pour le préfent celle de Philoctete a le
deffus, ou bien c'eft à caufe de cet *horrible augure*
fous lequel fon hymen fut conclu. *Terrible augure*
ne feroit-il pas auffi bon qu'*horrible augure* ? d'autant plus qu'il y a encore de l'horreur dans le vers
de devant.

Avec horreur enfin je me vis dans fes bras ;

Cet hymen fut conclu fous un horrible augure.

Scene III.

Ne trouvez-vous pas joli le paralelle que Jocafte
fait des Dieux & du Sphinx, lorfqu'elle dit.

Et du Sphinx & des Dieux la fureur trop connuë.

Elle fait par là autant de monftres de fes Dieux,
& elle convertit le Monftre en être de raifon ; cela
n'eft pas étonnant, l'amour & le bon fens ne font
pas toujours d'accord.

Du Monftre à vos genoux j'euffe aporté la tête.

L'aimable chofe, que la tête d'un monftre fur les genoux d'une Maîtreffe ! quel dommage que Philoctete ait été abfent ! Jocafte auroit-eu ce charmant fpectacle.

J'admire la tranquilité & la retenue de Philoctete, lorfqu'il aprend qu'il eft foupçonné d'avoir affaffiné Laïus. Croyez-vous qu'il y en eût beaucoup qui fe contentaffent de répondre comme Philoctete?

> Madame, je me tais, une pareille offenfe,
>
> Etonne mon courage & me force au filence.
>
> Qui, moi, de tels forfaits ! moi, des affaffinats !
>
> Et que de votre époux.... vous ne le croyez pas.

En tout cas, n'eft-il pas bien lavé, dès que Jocafte n'en croit rien ? Il n'y a point de Juge qui ne déchargeât un Criminel dès qu'il lui diroit que fa Maîtreffe ne le croit point coupable.

Voici l'Amour qui joue fon jeu, & qui fait caqueter à merveille Jocafte avec Philoctete.

> Non, je ne le crois point, & c'eft vous faire injure,
>
> Que daigner un moment combattre l'impofture.
>
> Votre cœur m'eft connu, vous avez eu ma foi.
>
> Et vous ne pouvez point être indigne de moi.
>
> Oubliez ces Thebains que les Dieux abandonnent,
>
> Trop dignes de perir depuis qu'ils vous foupçonnent ;
>
> Et fi jamais enfin je fus chere à vos yeux,
>
> Si vous m'aimez encore, abandonnez ces lieux,
>
> Pour la derniere fois renoncez à ma vûe.

Paffe pour les deux premiers vers ; on ne peut pas moins penfer pour une perfonne qui nous eft chere; mais la plaifante juftification qui fuit : quoi ! parceque Jocafte a donné fa foi à Philoctete, il ne fauroit manquer, & enfin il ne peut-être indigne d'elle !

cela feroit bon fi l'amour n'avoit point de bandeau ; eh ! combien voyons-nous tous les jours de femmes fort aimables fe deshonorer par leur choix ?

Autre folie de Jocafte ! ce n'eft plus pour n'avoir point vangé la mort de Laïus que les Thebains font coupables, c'eft parce qu'ils foupçonnent Philoctete d'en être la caufe ; en vérité, fi les efprits revenoient de l'autre monde, je craindrois fort que Jocafte ne fût foufletée par l'ombre de Laïus.

On a bien raifon de dire que l'amour eft plus vif dans les femmes que dans les hommes ; car dès que Jocafte ordonne à Philoctete de partir, le voilà tout d'un coup réfolu : & toutes fes lamentations fe réduifent au vers fuivant.

> Jocafte ! pour jamais je vous ai donc perdue.

Cela n'eft-il pas bien tendre ?
L'amour de Jocafte va jufqu'à lui faire dire des fotifes à Philoctete.

> Les Dieux vous réfervoient un plus noble deftin,
>
> Vous étiez né pour eux ; leur fageffe profonde,
>
> N'a pu fixer dans Thebe un bras utile au monde,
>
> Ni fouffrir que l'amour rempliffant ce grand cœur,
>
> Enchaînât près de moi votre obfcure valeur.

Mais il faut fe prêter aux malheureux ; elle veut dire que s'ils avoient été unis, la valeur de Philoctete fe feroit anéantie.

Je ne faurois expliquer de même *le foin tendre & timide* du vers fuivant.

> Non, d'un lien charmant le foin tendre & timide,
>
> Ne dut point occuper le fucceffeur d'Alcide.

Je vois bien qu'il rime à *Alcide* ; mais je ne l'en trouve pas plus raifonable.   B iij

La pauvre Jocaste se trouble de plus en plus.

Seigneur, mon époux vient, soufrez que je vous laisse ;
Non que mon cœur troublé, redoute sa foiblesse ;
Mais j'aurois trop peut-être à rougir devant vous,
Puisque je vous aimois, & qu'il est mon époux.

Il n'est guere en usage, ce me semble, que les Têtes couronnées disent mon *époux* ni ma *femme*.

On ne sait si c'est la foiblesse de son cœur, ou celle du Roi, que Jocaste ne craint point. Elle veut paroître ferme dans le second vers ; & dans le troisiéme elle dit qu'elle auroit trop à rougir. Pourquoi ? parcequ'elle a aimé Philoctete, & qu'Oedipe est son Epoux : que fait à Oedipe l'amour de Jocaste pour Philoctete, s'il est passé comme elle dit ? cela n'est pas de son bail.

S c e n e I V.

Ne trouvez-vous pas, Monsieur, cette Scène pleine de Rodomontades mal soutenues ? en voici quelques échantillons.

Thesée, Hercule & moi, nous vous avons montré,
Le chemin de la gloire où vous êtes entré.

Cette main qu'on aceuse, au défaut du tonnere,
D'infames assassins a délivré la terre.

Un Roi, pour ses sujets, est un Dieu qu'on revere :
Pour Hercule & pour moi, c'est un homme ordinaire.

Mais un Prince, un Guerrier, un homme tel que moi,
Quand il a dit un mot, en est cru sur sa foi.

Malgré ces beaux discours, Oedipe veut toujours que Philoctete soit mis sur la sellette ; & le bon

Philoctete répond feulement à cela que

> La vertu s'avilit à fe juftifier.

Ce qui eft un fentiment faux ; car la vertu n'a jamais à fe juftifier ; mais elle peut avoir la calomnie
à détruire.

Oedipe ordonne à Philoctete de refter à Thebe :
il y confent ; & au lieu de fe mettre en colere contre fon acufateur , c'eft contre le Ciel qu'il exhale
fa bile ; je voudrois bien favoir pourquoi dire

> J'y refterai fans doute ,
> Il y va de ma gloire , & ce Ciel qui m'écoute , &c.

Ce Ciel eft une maniere de parler injurieufe. Il n'auroit pas été plus difficile de dire le Ciel.

SCENE V.

Lorfque Philoctete eft parti , Oedipe commence
à le vouloir juftifier , & il dit à Hidafpe en parlant
du menfonge.

> Je ne puis voir en lui cette baffeffe infame.

Vous ne croiriez jamais que cela voulût dire , *je
ne puis me perfuader qu'il ait cette baffeffe infame !*
pardonnez-moi , Monfieur : & il eft fort heureux
pour Philoctete que ce qui précède , & ce qui fuit ,
faffe entrevoir ce que ce Vers fignifie ; car fans cela,
il étoit perdu d'honneur & de réputation.

> Ces Dieux , dont le Pontife a promis le fecours ,
> Dans leurs Temples, Seigneur, n'habitent point toujours ;
> On ne voit point leurs bras fi prodigue en miracles.

Que vous femble , Monfieur , du Pontife des
Thebains ? ferez-vous d'humeur à le leur laiffer ?
Selon moi , c'eft affez pour eux d'un Grand Prêtre.

Les Dieux de ce temps-là agiſſoient bien machinalement, puiſqu'ils ne faiſoient des miracles qu'à force de bras. Je m'étois toujours imaginé qu'il ne leur faloit que la volonté pour cela.

> De Phorbas que j'atens, cours hâter la lenteur.

Voilà aſſurément une expreſſion toute neuve ; mais je crains bien que la nouveauté ne ſoit pour elle un mauvais paſſeport.

ACTE III.

SCENE PREMIERE.

Je ne ſçai à propos de quoi Jocaſte dit, en parlant de prendre la défenſe de Philoctete.

> Moi ! Si je la prendrai ! dûſſent tous les Thebains
> Porter juſque ſur moi leurs parricides mains.

Je ne vois point de raiſon de maltraiter ſi fort les Thebains ; mais c'eſt l'amour qui opere.

SCENE II.

Quand Jocaſte preſſe Philoctete de partir, elle lui dit :

> Seigneur, au nom des Dieux, au nom de cette flâme,
> Dont la triſte Jocaſte avoit touché votre ame.

Une flâme ne touche point ; elle brûle : mais peut-être que l'ame de Philoctete eſt incombuſtible.

Il y a dans le Vers ſuivant trois *ſi*, qui pourront bien déplaire aux oreilles délicates.

> Si d'une ſi parfaite & ſi tendre amitié.

Mais c'eſt pouſſer trop loin la chicane.

SCENE III.

> C'étoit, c'étoit affez d'examiner ma vie.

Voilà un *c'étoit* répété, qui n'eft pas d'un grand fe-cours à Philoctete. Mais il falloit remplir le Vers.

SCENE IV.

Oedipe a bien le parricide en tête ; il le met à toute fauce. Pour demander le fujet de la colere des Dieux , il dit :

> Quelle main parricide a pû les offenfer ?

N'aimeriez-vous pas mieux quelle main *criminelle ,* *&c.*

> Oedipe a pour fon peuple une amour paternelle.
>
> Nous joignons à fa voix notre plainte éternelle.

L'Auteur a fait l'amour mafculin au pluriel, & il le falloit faire féminin. Prefentement il le fait féminin au fingulier , & il doit être mafculin. Aparemment que l'Auteur croit que la rime le difpenfe de la Grammaire.

Voilà-t-il pas auffi un perfonnage du chœur, qui fe mêle de parler *parricide ,* fans favoir de quoi il eft queftion ?

> Nos bras vont dans fon fang laver fon parricide.

Mais un pauvre mourant peut bien fe tromper en parlant.

> Ses mains ajoûteront à la rigueur celefte.

Le verbe *ajoûter* n'eft-il pas actif ? L'Auteur, de fon autorité privée, en fait un verbe neutre. C'eft peut-être une licence poëtique.

Rempliſſant de vos cris les antres ſolitaires.

N'êtes-vous pas charmé *des antres ſolitaires ? Les éxécrables, abominables, déteſtables, & horribles* ſi ſouvent répetez dans la Piece, & hors de place, y conviendroient beaucoup mieux ſelon moi.

Malheureux, ſavez-vous quel ſang vous donna l'être ?

Il faut que le Grand Prêtre ſoit bien en colere, pour apeller ſon Roi *malheureux.* Je conviens qu'-Oedipe le traite un peu cavalierement ; mais ce ſaint Perſonnage ne devroit-il pas nous donner l'exemple de la modération ?

Voici juſtement un de ces éxécrables, dont je vous parlois tout à l'heure.

O Corinthe ! ô Phocide ! execrable hymenée !

Pourquoi pas ô funeſte hymenée ?

Je vois naître une race impie, infortunée.

Infortunée, je l'avoue ; mais pour *impie,* c'eſt de-quoi je ne conviendrai point, puiſqu'ils ſont tous dans la bonne foi.

Ne vous l'avois-je pas bien dit, Monſieur, que nous ne manquerions pas de ces épitetes magnifi-ques ?

Quittez, Reine, quittez ce langage terrible ;

Le ſort de votre époux eſt déja trop horrible.

A C T E   I V.

S C E N E   P R E M I E R E.

On ne voyoit jamais marcher devant ſon char

D'un bataillon nombreux le faſtueux rampart.

Les Rois de ce temps-là marchoient donc toujours bien gravement, puisque leur garde n'étoit composée que d'Infanterie. J'aurois cependant trouvé ce rampart ambulant beaucoup plus faftueux, s'il eût été formé par de la Cavalerie. Mais on brilloit à peu de frais chez nos Peres. Pour nous, qui préferons l'utile au fafte, nous aimerions beaucoup mieux un *folide rampart*, qu'un *faftueux rampart*.

Ne trouvez-vous pas, Monfieur, que Jocafte a la memoire bien foible, puifqu'elle a befoin qu'on lui parle du meurtre de Laïus pour s'en reffouvenir ? car elle n'y penfoit plus, comme il paroît par le Vers fuivant.

> Puifque vous rapelez un fouvenir fâcheux.

On n'oublie pourtant point fi aifément des événemens de cette nature, fur-tout quand ils nous caufent de la douleur.

Oedipe n'eft pas plus heureux qu'elle de ce côté-là, il ne paroît pas vrai-femblable qu'il ne puiffe pas fe reffouvenir, s'il a tué quelqu'un : cependant voici comme il parle.

> Moi, j'aurois maffacré ! Dieux ! feroit-il poffible ?

Ce font là des accidens qui frapent affez, pour ne jamais s'éfacer. C'eft peut-être quelque maladie, qui a fait ce prodige dans Oedipe.

Que penfez-vous de la furprife d'Oedipe, quand Jocafte lui dit qu'elle a perdu fon fils.

> Votre fils ! par quels coups l'avez-vous donc perdu ?
>
> Quel Oracle fur vous les Dieux ont ils rendu ?

Voilà des gens bien indiferens ! Quoi ! paffer des années enfemble, & ne pas favoir l'hiftoire l'un de l'autre ! Oh ! dans ce temps-ci on n'eft

point si réservé : & si l'amour ou l'amitié ne faisoit
pas son effet, la curiosité ou l'envie de parler y
supléeroit. Mais je ne saurois croire que Jocaste ait
fait un pareil mistere à son mari : elle le lui a dit
cens fois, mais il l'a oublié, comme le meurtre
de Laïus.

> Aprenez, aprenez dans ce péril extrême.

Voilà une répétition de mots qui est d'une grande
utilité.

Voici l'Oracle de la Prêtresse.

> Ton fils tuera son pere, & ce fils sacrilege,
> Inceste & parricide.... ô Dieux, acheverai-je ?

Il n'est pas étonnant qu'une fille toute remplie
d'une sainte fureur, ne sache pas la force des mots
dont elle se sert. Mais puisque l'Auteur est son
truchement, il ne devoit pas lui laisser donner le
nom de l'action à celui qui la commet ; car je suis
persuadé qu'il sait qu'on nomme ce crime *inceste*,
& celui qui le commet *incestueux*.

Que dites-vous, Monsieur, de la pudeur de Jocaste, qui dit sans hésiter que son fils sera *sacrile-
ge, incestueux, & parricide*, & qui s'arrête tout
court, parcequ'il s'agit de partager son lit ? c'est bien
tout ce que pouroient faire nos prudes d'à present.
Elles ne manqueroient pas de dire, que ce seroit
faire la sucrée mal à propos, parceque le mot d'*inceste*, qu'elle vient de lâcher, exprime assez ce
qu'elle fait semblant de vouloir cacher.

Jocaste pouvoit-elle craindre l'effet d'une prédiction si mal assaisonnée ? & ce fils,

> Dégoutant dans ses bras du meurtre de son pere,

ne l'auroit-il pas dégoûtée ? & ces exécrables témoins d'une action fi barbare n'auroient-ils pas été fufifans pour l'empêcher de recevoir ce fils dans fon lit.

Il y avoit long-tems que nous n'avions vû de ces mots favoris de l'Auteur.

> Il eft jufte à mon tour que ma reconnoiffance
> Faffe de mes deftins l'horrible confidence.

On peut bien faire une confidence de chofes horribles ! mais non pas une confidence horrible.

> Cependant de Corinthe, & du trône éloigné
> Je vois avec horreur les lieux où je fuis né.

Voilà deux rimes bien riches !

> Du fein de ma patrie, il falut m'exiler.

Pafferez-vous à l'Auteur un hiatus de cette nature ? j'en ai bien laiffé paffer ; mais à celui-ci, je n'y puis tenir.

> Avec fureur fur moi fondent à coups preffez.

Cette expreffion eft-elle de bon aloi ? & ne feroit-il pas mieux de dire à coups précipitez ?

SCENE II.

> Vous avez fait le crime, & j'en fus foupçonné ;
> J'ai vêcu dans les fers, & vous avez regné.

Que la Poëfie va devenir facile, s'il eft permis d'employer des rimes, comme *foupçonné* & *regné*.

> Va, bien-tôt à mon tour je me rendrai juftice ;
> Va, laiffe-moi du moins le foin de mon fuplice.

L'Auteur aime les répétitions ! Pourquoi ces

deux *va* ? Si Forbas avoit obéi au premier , il n'auroit point entendu la fuite du difcours d'Oedipe ; &
il en auroit perdu le plus confolant pour lui.

S C E N E I I I.

Ne vous femble-t-il pas , Monfieur , qu'Oedipe
ait parlé d'un autre époux , que de celui de Jocafte,
lorfqu'elle lui répond.

> Mais vous êtes le mien !

Cependant il venoit de lui dire ,

> Ah ! je n'écoute rien ,

> J'ai tué votre époux.

Si Jocafte avoit fû la Grammaire , elle auroit
répondu : Ah ! vous l'êtes auffi. Mais il falloit rimer
à rien.

> Corinthe , que jamais ta déteftable rive.....

J'ai quelquefois oui dire la *rive* d'un fleuve , ou
d'une riviere , & non pas celle d'une Ville. Et
d'ailleurs pourquoi ce *déteftable* , avec la rive de
Corinthe ? il y a de l'ingratitude à Oedipe de donner une telle épitete à un Pays auquel il doit fon
éducation.

S C E N E I V.

> Et vivant loin de vous fans Etats , mais en Roi.

Oedipe court grand rifque de ne point tenir fa
parole. *Peut-on vivre en Roi fans Etats ?*

A C T E V.

S C E N E P R E M I E R E.

> Du fort de tout ce peuple il eft tems que j'ordonne ,
> J'ai fauvé cet Empire en arrivant au trône.

Les mauvaises rimes nous suivront jusqu'à la fin.

SCENE II.

O Ciel ! & quel est donc l'excès de ma misere,

Si le trépas des miens me devient necessaire !

Dites-moi, s'il vous plaît, Monsieur, à quoi se raporte ce *des miens ?* ce pronom ne doit-il pas être précédé d'un substantif ? je n'en vois pourtant point, auquel il puisse se raporter.

Non, Seigneur, & ce Prince,

Pressé de ses remords a tout dit aux abois,

Et vous a renoncé pour le sang de nos Rois.

Que dites-vous, Monsieur, d'un Roi aux abois ? L'Auteur le prend-il pour un cerf ?

Mais le trône en effet n'étoit point votre place ;

L'interêt vous y mit, le remord vous en chasse.

Icare savoit bien qu'Oedipe étoit Roi : cependant il lui dit impoliment que le trône *n'étoit point sa place !* La politesse n'auroit couru aucun risque, s'il avoit dit : *mais ce trône en effet, &c.* pour faire connoître qu'il n'étoit question que de celui de Corinthe.

Remords sans *s* n'a point encore été reçu.

Dieux ! faut-il en un jour m'accabler tant de fois ?

Et préparant vos coups par vos trompeurs Oracles,

Contre un foible Mortel épuiser les miracles ?

Je pardonne à Oedipe les *trompeurs Oracles,* parcequ'il ne veut pas se croire assez éclairci de ſon ſort. Mais je ne lui paſſe point ſon orgueil, de croire que les Dieux ne faſſent dés miracles que pour lui. Je ne devrois cependant pas le lui reprocher : il eſt aſſez puni par ces miracles mêmes.

SCENE III.

Je ne ſais comment feroit Icare s'il n'avoit pas le mot *quoi*, pour commencer ſon diſcours.

Quoi ! du Mont Citheron ne vous ſouvient-il plus ?

PHORBAS.

Comment.

ICARE.

Quoi ! cet enfant qu'en mes mains vous remîtes ?

Le bon homme Phorbas étoit bien vif & bien colere, de dire à Icare *que le diable l'emporte*, parcequ'il lui dit naïvement ce qu'il ſait du ſort d'Oedipe : il eſt vrai que ce ne ſont pas ces propres termes ; mais qu'elle diference faites-vous de ces deux expreſſions, *que le diable t'emporte*, ou bien *que le Ciel te foudroye* ? La premiere eſt plus uſitée : la ſeconde eſt plus poëtique.

Je n'aime point auſſi que Phorbas diſe à ſon Roi.

Seigneur, permettez-moi de fuir votre preſence,

Et de vous épargner cet horrible entretien.

Manquons-nous ſi abſolument d'épitetes, qu'on n'en puiſſe trouver une, qui convienne mieux à entretien ?

SCENE IV.

Toujours de *l'éxécrable !* Cela convient-il au langage d'un Oracle ? un Oracle peut bien être *terrible, funeſte, faux, ambigu, trompeur* ; mais *éxécrable*, c'eſt un peu trop.

Le

Le voilà donc rempli cet Oracle execrable ;
Dont ma crainte a preffé l'effet inévitable !

Je ne vois pas que la crainte d'Oedipe ait preffé l'effet de cet Oracle ; mais elle a preffé la découverte de cet effet de la prédiction. Ce n'eft pas la premiere fois qu'Oedipe ne fait ce qu'il dit. Ne prend-t-il point encore une fois *inceſte* pour *inceſtueux ?*

Et je me vois enfin , par un mélange affreux ,

Incefte & parricide , & pourtant vertueux.

On ne veut jamais avoir tort. Oedipe aime mieux fe défendre par une impieté , que de convenir feulement de fon malheur.

Un Dieu plus fort que moi m'entraînoit vers le crime.

Sous mes pas fugitifs il creufoit un abîme.

Eft-ce-là comme on doit parler des Dieux ? Vous verrez que l'Auteur n'avouera point auffi qu'il a tort de faire rimer *crime* avec *abîme.*

Les Dieux n'en font pas encore quites. Oedipe leur met fans façon tout le fardeau fur le corps.

Impitoyables Dieux , mes crimes font les vôtres.

Ces Dieux-là étoient bien patiens.
Voici deux Vers qui finiffent bien galamment.

Moi , votre époux ! quitez ce titre abominable ,

Qui vous rend l'un à l'autre un objet execrable.

Il faut excufer ce difcours dans la bouche d'un furieux. Le titre d'époux *abominable !* je parie qu'il n'y a point de femme, quelque mécontente qu'elle foit, qui trouve ce nom d'époux fi abominable.

Ce n'étoit point à Jocafte à quiter ce titre , puifque c'eſt Oedipe qui eſt l'époux. Mais il pouvoit la prier de ne plus s'en ſervir pour lui.

Quelle raiſon y a-t-il, pour que Jocaſte ſoit un objet éxécrable à l'égard d'Oedipe ? elle n'a tué perſonne. Il eſt vrai qu'elle a couché avec ſon fils : mais en eſt-elle coupable ? elle n'a fait qu'obéir aux ordres du deſtin, auſſi-bien qu'Oedipe. Pourquoi donc tant d'éxécrations ?

La frénéſie ſe répand auſſi ſur Jocaſte. La voici qui prend le ton d'Oedipe.

Egine, arrache-moi de ce Palais horrible.

Parcequ'Oedipe & Jocaſte ſont mécontens du deſtin, voilà tout d'un coup leur Palais devenu *horrible* ! Le ſucceſſeur d'Oedipe n'en dira pas de même.

SCENE VI.

L'effroyable nous ſuit juſqu'à la fin de la Piece : mais il n'a jamais été mieux placé que dans les Vers ſuivans.

O mon fils ! helas, dirai-je mon époux ?

O des noms les plus chers, aſſemblage effroyable !

Ainſi lorſqu'une femme proférera le nom de ſon époux & celui de ſon fils enſemble, ce ſera *un effroyable aſſemblage*, qui renverſera *ſon horrible maiſon*, qui comblera *ſon éxécrable famille de maux épouvantables*. Vous ne vous ſeriez jamais douté que les tendres noms d'*époux* & de *fils* fuſſent capables de cauſer tant de ravages ? ni moi non plus.

Voyez ce que c'eſt, Monſieur, que de donner mauvais exemple. Jocaſte a vû l'impieté d'Oedipe, qui charge les Dieux de ſes crimes. Elle finit la Pie-

ce par une auſſi grande impieté, en parlant aux Prê-
tres & aux Thebains. Ce ſont les derniers Vers de
la Piece.

> Ne plaignez que mon fils, puiſqu'il reſpire encore,
>
> Prêtres & vous Thebains, qui fûtes mes Sujets,
>
> Honorez mon bucher, & ſongez à jamais,
>
> Qu'au milieu des horreurs du deſtin qui m'oprime,
>
> J'ai fait rougir les Dieux, qui m'ont forcée au crime.

Me voilà quite de la Poëſie, paſſons à la Proſe.
Dans la premiere Lettre l'Auteur emploie le mot
de *celebrité*, pour réputation : cependant l'Acadé-
mie dans ſon Dictionnaire lui donne la ſignifica-
tion de ſolemnité.

L'Auteur dit dans ſa ſeconde Lettre :

» Je ſai que les premiers aplaudiſſemens du Pu-
» blic ne ſont pas toujours des ſurs Garans de la
» bonté d'un Ouvrage.

Ne ſait-il pas que quand un ſubſtantif eſt précédé
d'un adjectif, on emploie l'article *de*, & non *des* ?
il faloit donc dire *de ſurs* Garans.

N'aimeriez-vous pas mieux dire, *répréſenter une
Tragedie*, que jouer *une Tragedie* ?

J'eſperois que la fin de la Tragedie nous mettroit
à l'abri de ces épitetes capables de nous faire glacer
le ſang, par la terreur qu'elles inſpirent ; mais je re-
trouve encore événemens *épouvantables* dans la troiſiéme Lettre.

Je ne ſai, Monſieur, ſi vous aprouverez la
phraſe ſuivante, qui eſt dans la cinquiéme Lettre
de l'Auteur.

C ij

» Un Miniſtre d'Etat ne ſauroit jamais être un
» homme aſſez obſcur pour être en priſon pluſieurs
» années, ſans qu'on n'en ſache rien.

Qu'eſt-il beſoin là de la négation *ne*? la prépoſi-
tion *ſans* ne fait-elle pas ſeule l'effet que l'Auteur
demandoit ?

J'ai encore recours au Dictionnaire de l'Acadé-
mie pour aſſurer l'Auteur, que la lettre *r* eſt du
genre féminin ; qu'ainſi il devoit en croire ſon Imprimeur : cela auroit acourci ſon errata.

Voilà, Monſieur, les remarques que j'ai faites
en parcourant l'Ouvrage de M. de Voltaire. Je
crois m'être ſufiſamment aquité de la parole que
je vous ai donnée au commencement de ma Lettre.
Je ſuis perſuadé que votre délicateſſe ordinaire vous
fera faire dans Oedipe de nouvelles découvertes.
Si vous y donnez quelques momens, je vous demande en grace de me faire part de votre ſenti-
ment ſur cet Ouvrage, & de me mander ſi vous
aprouvez mes objections ; car j'ai une ſi grande vénération pour vos déciſions, que je me rétracterai
volontiers, ſi vous me condamnez.

F I N.

que qualité & condition qu'elles foient, d'en introduire d'impreffion étrangere dans aucun lieu de notre obéiffance ; à la charge que ces préfentes feront
enrégiftrées tout au long fur le Régiftre de la Communauté des Libraires & Imprimeurs de Paris, &
ce dans trois mois de la date d'icelles ; que l'impreffion de ce Livre fera faite dans notre Royaume, &
non ailleurs, en bon papier & beaux caractères,
conformément aux Reglemens de la Librairie ; &
qu'avant de l'expofer en vente, le manufcrit ou im-
primé qui aura fervi de copie à l'impreffion dudit
Livre fera remis dans le même état où l'Approbation y aura été donnée ès mains de notre très cher
& feal Chevalier Garde des Sceaux de France, le
Sieur de Voyer de Paulmy, Marquis Dargenfon ;
& qu'il en fera enfuite remis deux exemplaires dans
notre Bibliotheque publique, un dans celle de
notre Château du Louvre, & un dans celle de notre
très cher & feal Chevalier Garde des Sceaux de
France, le Sieur de Voyer de Paulmy, Marquis
d'Argenfon, le tout à peine de nullité des prefentes;
du contenu defquelles vous mandons & enjoignons
de faire joüir ledit Sieur Expofant ou fes ayans Caufe, pleinement & paifiblement, fans fouffrir qu'il
leur foit fait aucun trouble ou empêchement : Vou-
lons qu'à la copie defdites prefentes qui fera impri-
mée tout au long au commencement ou à la fin dudit Livre, foi foit ajoûtée comme à l'original ; com-
mandons, au premier notre Huiffier ou Sergent,
de faire pour l'execution d'icelles tous actes requis
& neceffaires, fans demander autre permiffion ; &
nonobftant clameur de Haro, Charte Normande, &
Lettres à ce contraires ; car tel eft notre plaifir.
Donné à Paris le vingt-neuviéme jour du mois de

Mars ; l'an de grace mil sept cens dix-neuf, & de
notre Regne le quatriéme. Par le Roi en son Con-
seil. FOUQUET.

Regiſtré ſur le Livre de la Communauté des Li-
braires & Imprimeurs de Paris, Nº. 404, conformé-
ment à l'Arreſt du Parlement du 3 Decembre 1705.
A Paris, le   1719.

Signé, DELAULNE, *Syndic.*

De l'Imprimerie de J. QUILLAU, rue Galande.

www.ingramcontent.com/pod-product-compliance
Lightning Source LLC
LaVergne TN
LVHW021048050726
842519LV00003B/1054